PARAPHRASE
DV
PSEAVME CXLVIII.

Laudate Dominum de Cœlis.

A PARIS,

Chez IEAN CAMVSAT, ruë Sainct Iacques,
à la Toison d'Or.

M. DC. XXXVII.
AVEC PRIVILEGE DV ROY.

PARAPHRASE
DV
PSEAVME CXLVIII.

Laudate Dominum de Cœlis.

Dans ce Pseaume toutes les creatures sont conuiées à loüer
Dieu qui les a tirées du neant, & qui les conserue.

ESSAGERS *du Dieu des batailles,*
De qui le bras victorieux
Dans l'assaut le plus furieux
Defend nos plus foibles murailles,
Guides des Hebreux esgarez,
Beaux Astres qui les retirez,
De leurs tenebres criminelles,
Anges, dans vostre heureux sejour,
Loüez les bontez immortelles
De Celuy qui vous brusle & vous nourrit d'amour.

A ij

Globes d'airain, Miroirs mobiles
Où l'on veoit la Diuinité,
Sans que son ardente clarté
Esbloüisse nos yeux debiles,
Cieux, à qui par des nœuds cachés
Les elemens sont attachés,
Sacré sejour de l'harmonie,
Voiles semés de diamans,
Loüés la sagesse infinie
Qui d'vn ordre eternel regle vos mouuemens.

Roy des campagnes azurées,
Qui des Astres fais tes maisons,
Grand flambeau, par qui les saisons
Sont si iustement mesurées,
Ame dont le monde est le corps,
Soleil, qui de tant de thresors
Rends par tout les plaines fecondes,
Lors que couronné de splendeur
Tu sortiras du sein des ondes,
Du Dieu qui te conduit adore la grandeur.

Beny *sa* main toute puissante,
Toy, qui d'vn cours si diligent
Sur vn char d'ebene & d'argent
Fournis ta carriere inconstante,
Astre que le silence suit,
Lune, qui de l'obscure nuict
Illumines les sombres voiles,
Qui regnant au Ciel à ton tour
Te fais vn throsne des Estoilles,
Et consoles nos yeux de la perte du iour.

Palais du Monarque du monde,
Ciel, pres de qui les autres Cieux,
De honte ferment tous ces yeux
Qui brillent dans la nuict profonde,
Ciel, qui par vn heur sans pareil,
As Dieu mesme pour ton Soleil,
Beny ce grand Roy qui t'habite,
Et qui d'vn serment solemnel,
Nous iure qu'vn petit merite
Y trouue par sa grace vn bon-heur eternel.

Mer qui dans les plus grands orages
Où meurt l'espoir des matelots,
Connois du Maiſtre de tes flots,
Le doigt eſcrit ſur tes riuages;
Et Vous qui ſur le firmament,
Sans peſanteur, ſans mouuement,
Tenez vn lieu qui nous eſtonne,
Eaux, dont le criſtal eſt ſi pur,
Adorés Celuy qui vous donne
Pour vn paiſible lict, des champs d'or & d'azur.

Toy, que nous voyons couronnée
De tant de bouquets pretieux,
Lors qu'apres l'hyuer ennüyeux
Le Printemps rajeunit l'année,
Riche centre de l'vniuers,
Qui combles de preſents diuers
Le Laboureur qui te deſchire;
Corps d'eternelle fermeté,
Terre, noſtre premier Empire,
Du Dieu qui te ſouſtient beny la Majeſté.

Vous qui sous vos cimes chenües
Voyez dans le vague des airs,
Les tonnerres & les esclairs
Sortir du rouge sein des nuës,
Superbes Monts, qui vomissez
Entre mille rochers glacez,
Des flammes de soulfre meslées,
Adorez ce Dieu merueilleux,
Qui peut aux plus basses vallées
Esgaler la hauteur de vos fronts orgueilleux.

Vous qui d'vne riche verdure
Reuestés vos bras tous les ans,
Lors que les Zephyres plaisans
Chassent l'importune froidure,
Arbres, dont les fruicts & les fleurs
Par de differentes couleurs
Forment vn esmail admirable,
Meslés-vous à nos saincts accords,
Et loüés la main fauorable,
Qui seule sçait produire & garder vos thresors.

Fontaines, qui dans nos prairies
Roulés vn mobile criſtal,
Et que dans voſtre lieu natal
La chaleur n'a jamais taries ;
Et Vous qui groſſes de ruiſſeaux,
Entrant dans l'empire des eaux,
Semblés luy declarer la guerre,
Nourrices des grandes Cités,
Riuieres, doux ſang de la terre,
Loüez Dieu qui preſide à vos flots argentés.

Hoſtes des plaines embraſées,
Où les voyageurs eſgarés
N'ont ſur les ſablons alterés
Iamais veu tomber de roſées ;
Fiers Dragons, Baſilics bruſlans,
Qui dans vos yeux eſtincelans
Portés vn venin redoutable,
Loüés l'Autheur de l'vniuers,
Dont la puiſſance inimitable
Vous a d'eſcailles d'or ſi richement couuers.

Humides

Vous dont les aisles esmaillées
Fendent l'air si legerement,
Vous qu'on oit d'vn ton si charmant
Chanter sous les vertes feüillées ;
Amoureuses troupes d'Oiseaux,
Qui faites entre les rameaux
Vos nids d'admirable structure,
Desormais à vostre réueil
Loüés le Dieu de la nature,
Et ne salüés plus que ce diuin Soleil.

Humides citoyens des ondes,
Legers & fertiles Poissons,
Qui sans crainte des hameçons
Nagés dans vos grottes profondes ;
Et vous que Dieu fit en beautés
Aussi diuers qu'en qualités,
Pour peupler la terre nouuelle,
Animaux farouches, & doux,
Loüés la Sagesse immortelle,
Qui ne desdaigne pas de prendre soin de vous.

Feu, qui voles deuant sa face,
Et qui par ses commandemens,
Des plus superbes bastimens
A peine laisses quelque trace;
Tonnerre, par qui le courroux
D'vn Monarque Amant, & jaloux,
Faict des rauages si funestes;
Fléches de son rouge carquois,
Esclairs, loüés les bras celestes,
Qui vous sçauent lancer sur la teste des Rois.

Vents, dont les forces redoutées
Troublant la bonace des flots,
Font perdre à l'art des matelots
L'espoir des riues souhaittées;
Gresles, Rauines, Tourbillons,
Qui de nos fertiles sillons
Couppés les richesses tremblantes,
Loüés Dieu, qui conduit vos coups,
Lors que nos fautes insolentes
Contraignent sa Iustice à s'armer contre nous.

Froid, qui fais vn criſtal ſolide
Du criſtal liquide des eaux ;
Frein des fleuues & des ruiſſeaux,
Glace, ſur qui l'hyuer preſide ;
Et Vous, qui durant la ſaiſon
Où les Zephyrs ſont en priſon,
Eſchauffés nos froides campagnes ;
Meres des torrens furieux,
Blanches couronnes des montagnes,
Neiges, loüés celuy qui vous répand des Cieux.

Vous, que la loy de la naiſſance
Eſleue au throſne Paternel,
Vous, dont le choix de l'Eternel
Faict la ſouueraine puiſſance,
Portraicts de la Diuinité,
Rois, de qui le bras irrité
Lance vn redoutable tonnerre,
Reuerés au pied des Autels
Celuy qui fait trembler la terre,
Et ſongés tous les iours qu'il vous a faict mortels.

Peuples, rendez-luy vos hommages,
Et ne manquez iamais de foy
A Ceux qui portent comme moy
L'illuſtre nom de ſes Images ;
L'abus de leur ſacré pouuoir,
Des loix d'vn fidele deuoir
Ne peut diſpenſer leurs Prouinces,
Fuyés les rebelles projets,
Et ſçachés, qu'à de mauuais Princes,
Le Seigneur vous defend d'eſtre mauuais Subjets.

Vierges, dont les yeux pleins de flâmes
Lancent vn funeſte poiſon,
Et deſrobent à la raiſon
Le juſte hommage de nos ames,
Ne vous vantés plus des appas,
Que le Temps n'exemptera pas
De ſon injurieux Empire ;
Loüés l'Autheur de vos attraits,
Et que voſtre eſtude n'aſpire
Qu'à conſeruer vn zele eſgal à ſes bien-faits.

Enfans, de qui les Deſtinées
A filz tiſſus diuerſement,
Ourdiſſent le commencement
De vos incertaines années ;
Vous, dont l'aage eſt plus vigoureux,
Qui ſentés vn ſang genereux
Boüillir dans le fonds de vos veines,
N'ayés qu'à Dieu voſtre recours,
Car ſans luy vos forces ſont vaines,
Et luy ſeul peut eſtendre ou racourcir vos iours.

Qu'il ſoit voſtre attente derniere,
Vieillards, de qui les ans legers
Au milieu de tant de dangers
Ont conduit leur longue carriere,
Troncs ſechez, Sepulchres mouuants,
Qui n'eſtes ni morts ni viuants,
Plaintiues Ombres de vous mémes,
Rendés graces d'vn cœur ardent
Au Dieu dont les bontez ſuprémes
Ont ſi loin du matin marqué voſtre Occident.

En fin adorés voſtre Maiſtre,
O Corps ſi diuers en beauté,
Qui ne deués qu'à ſa bonté
Les richeſſes d'vn nouuel eſtre ;
Sa Parole vous fit de rien,
Vous n'auez pour voſtre ſoutien,
Que cette ſeconde Parole,
Elle peut tout comme autrefois ;
Et tout ſous l'vn & l'autre Pole
Suit les commandemens de ſes premieres Lois.

Iſrael, de ſon aßiſtance
Tu ſens les effects tous les jours,
Il eſt armé pour ton ſecours,
Il eſt l'autheur de ta conſtance,
Par ſes fauorables regards
Il dißipe tous les broüillards,
Qui veulent obſcurcir ta gloire ;
Et tes barbares Ennemis
Qui ſe promettoient la victoire,
Sous ton joug redouté ſont maintenant ſoumis.

Doncques confacrons-luy nos veilles,
Nos corps, nos efprits & nos biens,
Et que nos plus dous entretiens
Soient de fes diuines merueilles,
Pour en laiffer le fouuenir
Aux Siecles qui font à venir,
Erigeons par tout des Trophées,
Grauons fur le marbre & l'airain,
Que de nos guerres eftouffées,
La gloire n'appartient qu'à fon bras fouuerain.

Mais bien qu'en termes magnifiques,
Et que d'vn art ingenieux,
Noftre zele deuotieux
Luy prefente mille Cantiques;
Reconnoiffons que fon Pouuoir
Qui fait tout viure & tout mouuoir,
Eft au deffus de nos loüanges,
Et ne craignons point d'aduoüer
Ce que confeffent tous les Anges,
Que fe connoiffant feul, luy feul

Auec Priuilege de sa Majesté, signé, Par le Roy en son Conseil, Conrart, & seellé du grand seau. Donné à Paris le second iour de May 1633. portant permission au Sieur Godeau, à present Euesque de Grasse, de faire imprimer, par tel Libraire qu'il voudra choisir, tous les Traictez de deuotion qu'il a composez tant en prose qu'en vers, en vn ou plusieurs volumes, durant l'espace de dix ans, à compter du iour que chaque piece sera acheuée d'imprimer pour la premiere fois, lequel Priuilege ledit Sieur Euesque de Grasse a transporté à Iean Camusat.

Cette piece faisant partie du second volume des Oeuures Chrestiennes, a esté acheuée d'imprimer pour la premiere fois le 12. Feurier 1637.